일진의 크기

일진의 크기

글 | 윤필
그림 | 주명

2

네오
카툰

차례

제8화 이제 다 했냐? 5

제9화 친구 아니었냐? 35

제10화 못 본 거다? 73

제11화 뭐가 쪽팔린데? 109

제12화 최장신이네? 147

제13화 누가 시켰어? 187

제14화 알아서 뭐하려고? 231

제8화

■

이제 다 했냐?

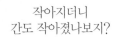

꿈틀

아~
날씨도
좋은데.

학원 가기
싫다~.

우리
전자상가나
놀러 갈래?

까
똑

헐~
대박!

뭔데?

장신이랑 정수랑
붙었대!

앗! 완전
대박!

안되겠다.
학원 째야겠다!

나도
같이 가!

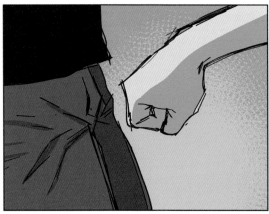

이 새끼가 입만
살아가지고!

획

슉!

움찔!

쿵!

턱!

이제 다 했냐?
쩡수?

꾸욱

꽈악!

이런
××놈이!

야!
저 새끼 잡아!

스윽

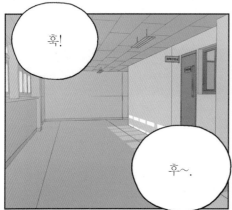

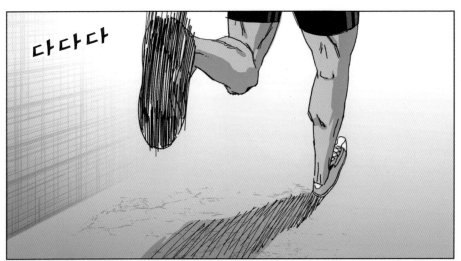

다다다

너희들!

지금 뭣들 하는 짓이야!

당장 그만두지 못해?

제9화

■

친구 아니었냐?

야! 어제
소식 들었냐?

정수랑
장신이랑 농구하다
붙었다며?

대박!
장난 아니었겠네?

진짜?
누가 이겼는데?

최장신이
완전 발렸대!
실려 갔다던데?

ㅎㅎㅎ
놀라지 마라.

헐~.

36

시간이 흘러

최장신과
박정수의
근신은 풀리고

박정수는
지하고 일짱이
되었다.

맞은 데가 아직
안 나았나보지.

ㅋㅋㅋ
신나게
맞더니~.

나 같으면
쪽팔려서
전학 가고 만다.

큭! 벌써
전학 간 거
아냐?

야…
너희들.

…

이 새끼랑
친구 아니었냐?

앗!
배고파!

꼬르륵

빵윤식.

어!

벌떡

오늘은 피자빵이랑 초코빵 하나씩 사와.

응, 알았어.

우유는 매일 먹는 걸로.

…

뭐야? 왜 안 가냐?

…저

도… 돈은…?

어? 무슨 소리야?

49

다다다

드륵

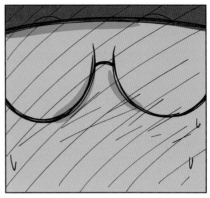

아~
평생 고등학생이면
좋겠다.

이 자식~
인생 날로
먹으려고 하네.

...

야! 빵!
빨리 안 가?!

다리 보인다!
다리!

후다닥

크크크.

병신~.

…

…

막연하게
아이들이 우려했던 혹은
기대했던 것과는 달리

학교에
다시 나온
최장신은

별말 없이
조용히
지냈다.

...

스윽

부시시

...

장신아.

툭

몸은 좀
괜찮니?

샥

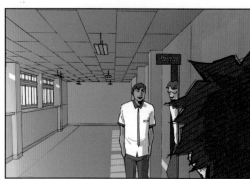

툭

아. 미안.

앗!

힐끔

...

프린트물 나눠줄 테니까 한 장씩 뒤로 전달하고

남은 건 옆으로 전달하거나 앞으로 가져와라.

척

...

스윽

확

철퍼덕

주섬

주섬

...

찍소리도
못하네.

크큭

병...

...야.

소곤

소곤

너 수업 시간 중에

야.

수업 끝났잖아.
집에 안 가냐?

어?
어?!

스윽

■

제10화

못 본 거다?

선생님,
다시 키가 크려면
어떻게 해야 해요?

수술이든
뭐든 방법이
없냐고요.

장신아!

학생이 앓고 있는 '성장 축소 증후군'이 학계에 보고된 사례가 거의 없는 특수한 희소병이라

그리고 키가 다시 크는 게 문제가 아니라 아직도 조금씩 작아지고 있어요.

꿈틀

아직 뚜렷한 치료법이 없습니다.

병이 아직 진행되고 있다는 겁니다.

하지만 연구가 진행 중인 질병이니 희망을 버리지 말고

D1 소아청소년과

증상을 완화해주는 약을 하나 더 처방해줄 테니 꼭 챙겨먹어야 한다.

장신아.

전학 갈
준비 해라.

갑자기
적응하기 힘들겠지만
우선 전학을 가는 게
좋을 것 같구나.

...

안 가요.

전학은
안 가요.

지금
전학 가면
안 돼요.

안 가요.

…

…그래,
알겠다.

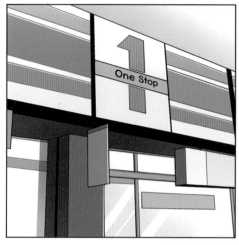

탈탈

합

꿀꺽 꿀꺽

…

후우

…겨우

키일 뿐인데….

겨우
이 정도 이유로
내가….

뿌득

젠장.

휴~.

갈수록
힘이 드는구먼….

쿵

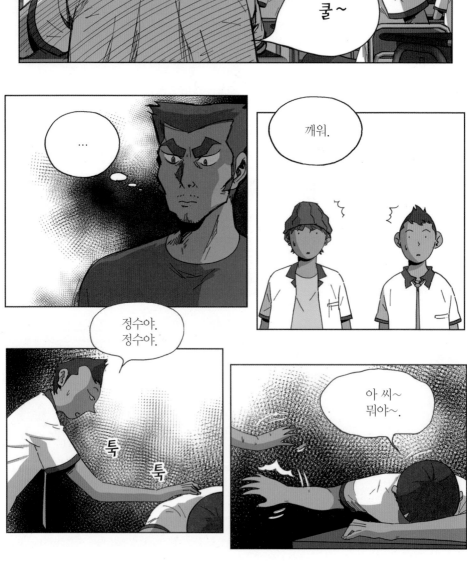

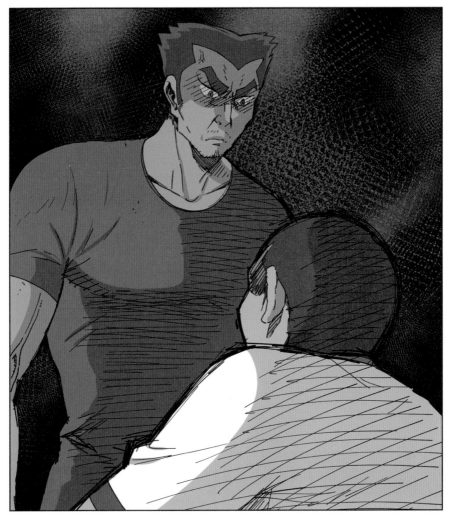

아 씨?

그렇게
자고 싶으면
집에 가서 자!

괜히
학교에 나와서

수업 분위기
흐리지 말고.

스윽

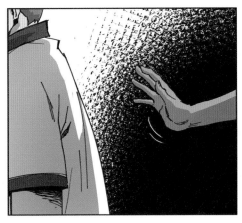

탁!

...

장건아.

응.

내년 특목고 진학 상담은 잘 받았니?

응. 엄마랑 잘 받았어.

저번에 받은 전국대회 상 있으니까 내신 관리만 지금처럼 하면 큰 무리 없을 거래.

우물

우물

그래. 그 상 받기를 참 잘했다.

탁

사회봉사 관리도 잘해야 한다. 아빠가 아는 곳 한 군데 소개시켜줄까?

어? 어딘데?

좀 이름 있고 편한 데가 좋은데~.

스윽

~~~~~ ~~~~ ~~

~~~ ~~~

...

휴우~.

갈 데가
없네….

하하하~
현주 씨 식사는
어떠셨어요?

오늘 일찍
들어가신다니
많이 아쉽네요.
하하~.

뭐야…
저 느끼한
놈은.

제11화

■

뭐가 쪽팔린데?

장신아,
이거 마셔라.

잘 마실게요,
쌤….

털썩

꿀꺽
꿀꺽

...쌤,
그 머리

가발?

푸읏!

...티 나니?

네... 조금.

오늘 너한테
부끄러운 모습을
보였구나....

훌렁

하하....

...

...뭐 그렇게
부끄러워하실
것까지는....

쌤, 잘생기신 편인데

군이 가발까지 쓰실 필요는 없잖아요?

훗! 녀석

씨익

기특한 소리를….

사실 선생님은 어릴 때부터 인기가 많았단다.

…

그때는 머리도 많이 기르고 다녔지.

찰랑

찰랑

별명이 테리우스였는데…. 아! 너는 어려서 잘 모르겠구나.

신기하게도 내 머리숱이 적어질수록 나를 사랑해주던 사람들도 하나둘 떠나갔단다.

고작 머리카락 때문에 흩어질 사람들이라면

처음에는 상심도 많이 했지만 시간이 조금 지나고 깨달았지.

조금이라도 일찍 흩어져서 다행이라고.

지금 장신이 네가 겪고 있는 과정들이 내가 경험한 것들보다 훨씬 더 힘들지 모르지만

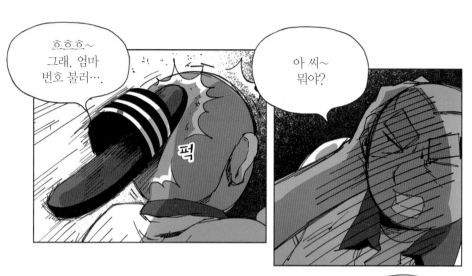

웅성

웅성

웅성

웅성

...

웃기시네.

뭐? 이….

지가 예전에 하던 그대로 하는 건데.

우리는 못 하게 하는 건 뭐야?

훌쩍

훌쩍

이 찌질한 새끼야~.

아~
아~.

탁   탁

임마! 놀다가
좀 그런 거 가지고
질질 짜기나 하고.
어휴~.

그러게
왜 내 말에
토를 다냐고?

이거 살 거야?
안 살 거야?

사… 살게.
미안해….

진작 그러지,
짜식~.

내가

그만하라고
했지.

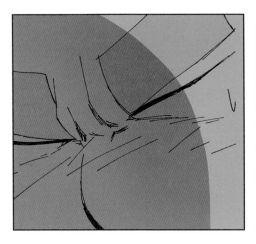

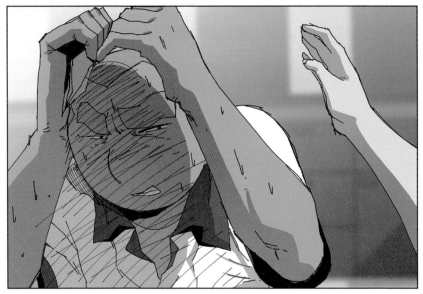
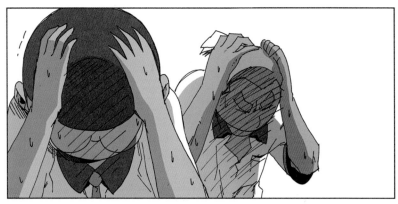

아…?

탁!

아얏!

쫙

쫙

쫙

쫙

앞으로 내 앞에서
이딴 짓거리 하다가 걸리면
가만 안 둔다!

알았어?

훌쩍

훌쩍

훌쩍

...

…정수 자식.

예전에 말했던
도박판을 진짜로
벌여버렸어.

자… 장신아.

장신아….

…너

너도 걔네랑
똑같아….

...

하하하~.

우와~
진짜 그랬어?

제12화

■

최장신이네?

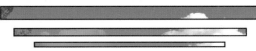

저 자식들도
아직 안 왔는데….

어떤 새끼인지
잡히기만 하면
가만 안 둔다.

축 축

축

ENGLISH

축

누구야?

스윽

흥흥흥~.

교직원
화장실

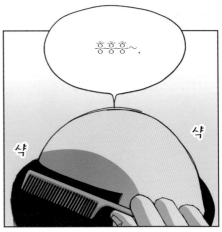

흥흥흥~.

샥

샥

슥

슥

좋아!
완벽해.

머리를
단정하게 하니
기분이 상쾌해지는군.

후후.

다다다

...

정수야.

장신이
왔다 갔다.

큭큭.

…큭.

큭큭큭.

큭.

퀘엥-

젠장… 어제는
열 받아서 잠도
잘 못 잤네.

차라리
앞에서 욕하고
한판 붙는 게 낫지.

은근히 사람
피 말리게 하네.

오늘은
평소보다 일찍
도착해서
꼭 잡고 말 거다.

이 치졸한
새끼들.

175

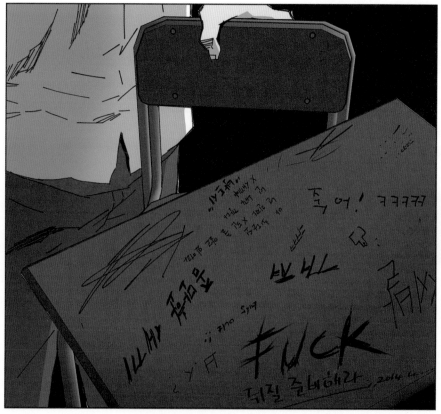

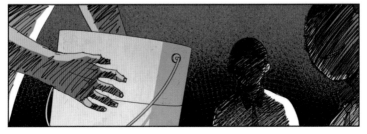

제13화

■

누가 시켰어?

느낌이 이상해서
혹시나 했더니….

다 죽었어
니들….

…뭐야?
정수 패거리들인
줄 알았더니….

니들 뭔데? 임마!

어쨌다고 이런 짓거리야? 엉?!

…

…

뭘 어쨌냐고?

1학년 때 너가
우리를 수도 없이
때리고

욕하고

괴롭혔는데

뭘 어쨌냐고…?

그런 사소한 건
기억이 안나나보지?

…이 자식들
그러고 보니

1학년 때
같은 반이었던
놈들이다.

씨×….

…그래 알았다.

쳐!

치라고.

이게 누구
때문인데?!
썅!

야~ 야~
그만해….

…

헉

헉

좋냐?

이렇게
갚아주니까

…

가방이
열려 있네.

···

뒤적

뒤적

어···

약이···

약이 없다!

혹시….

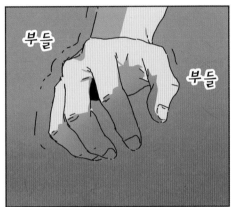

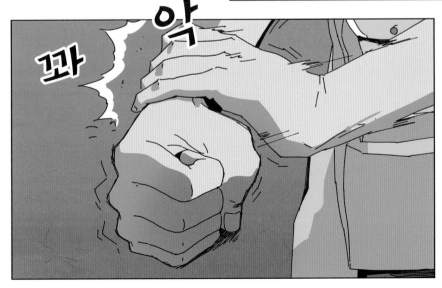

으익!

젠장!
아까보다 더
욱신거리네….

욱씬

욱씬

자~ 집합해라.

그 약이
효과가 있긴
한가보네….

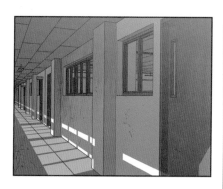

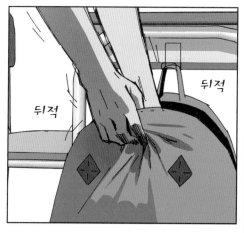

대식이 학진이
자리에는 없어….

젠장…
다른 데 숨겼을
수도 있는데….

…

그래도 혹시
모르니까 일단
다 확인해보자.

어?

…

뒤적

뒤적

화장실

잠깐 들렀다
가자….

크크크~
장신이 새끼
얼굴 봤나?

멈칫

내가 조사해봤지.
그 약이 먹다 안 먹으면
대박 아프대~.

화장실

상태 완전
안 좋던데?

제14화

■

알아서 뭐하려고?

욱신

욱신

...

안마!
얼음물!

응!

다다다

이게 다
너 때문이야!

너도 걔네랑
똑같아.

…제장.

욱신

욱신

점점 더
아프네….

스윽

안녕?

툭

뭐야?

오랜만이다?

별 웃기는
놈들 다 봤네.

이….

다다다

탁

으…
죽겠네….

최장신.

이거

장신이
네 거지?

탁

어떤
놈들이야?

꿀꺽

빨리 불어.
맞기 전에.

아 씨~
써.

튀

물 없냐?

...

그건 왜
물어보는데?

그게
아니었어.

…난 그래도
너가 아프고 나서
다른 일진 패거리하고
조금은 달라졌다고
생각했는데….

너도
그놈들이랑
똑같아.

…

…

장신이
녀석

일부러
밀친 건가…?

완전히
따돌렸나?

딸각

욱신 욱신

탈 탈

…

너가 아프고 나서
다른 일진 패거리들하고
조금은 달라졌다고
생각했는데….

욱신

욱신

너도 그놈들이랑
똑같아.

욱신

욱신

합

젠장….

아프네….

타박

여기가
지하고등학교
맞나요?

3권에 계속

일진의
크기 2

ⓒ 윤필·주명, 2015

초판 1쇄 발행일 2015년 6월 30일
초판 2쇄 발행일 2018년 9월 14일

글   윤필
그림   주명

펴낸이   정은영
편집   이책 유석천
마케팅   한승훈 윤혜은 황은진
제작   이재욱 박규태

펴낸곳   (주)자음과모음
출판등록   2001년 11월 28일 제2001-000259호
주소   04047 서울시 마포구 양화로6길 49
전화   편집부 (02)324-2347, 경영지원부 (02)325-6047
팩스   편집부 (02)324-2348, 경영지원부 (02)2648-1311
E-mail   neofiction@jamobook.com

ISBN   979-11-5740-112-3 (04810)
         979-11-5740-110-9 (set)

이 도서의 국립중앙도서관 출판예정도서목록(CIP)은 서지정보유통지원시스템 홈페이지
(http://seoji.nl.go.kr)와 국가자료공동목록시스템(http://www.nl.go.kr/kolisnet)에서
이용하실 수 있습니다.(CIP제어번호:CIP2015016132)

이 책에 실린 내용은 2014년 2월 7일부터 2014년 5월 30일까지 다음 웹툰을 통해 연재됐습니다.